별은 푸르게 빛나고

별은 푸르게 빛나고

발행일   2024년 1월 25일

지은이   김승욱
펴낸이   손형국
펴낸곳   (주)북랩
편집인   선일영   편집   김은수, 배진용, 김부경, 김다빈
디자인   이현수, 김민하, 임진형, 안유경, 최성경   제작   박기성, 구성우, 이창영, 배상진
마케팅   김회란, 박진관
출판등록 2004. 12. 1(제2012-000051호)
주소   서울특별시 금천구 가산디지털 1로 168, 우림라이온스밸리 B동 B113~114호, C동 B101호
홈페이지 www.book.co.kr
전화번호 (02)2026-5777   팩스   (02)2026-5747

ISBN   979-11-93716-50-2 03810 (종이책)   979-11-93716-51-9 05810 (전자책)

(주)북랩 성공출판의 파트너

북랩 홈페이지와 패밀리 사이트에서 다양한 출판 솔루션을 만나 보세요!

홈페이지 book.co.kr   •   블로그 blog.naver.com/essaybook   •   출판문의 book@book.co.kr

작가 연락처 문의 ▸ ask.book.co.kr

작가 연락처는 개인정보이므로 북랩에서 알려드릴 수 없습니다.

김승욱 시집

별은 푸르게 빛나고

🐦*북랩

여는 말

고향 밤하늘 그 푸른 별빛들이

아직도 내 기억 속에서 나를 위로해 줄 때가 있다.

이 글을 읽는 모든 이에게도 그 별빛의 위로가 임하길
기도하며.

목차

제2부

별은 푸르게 빛나고

제3부

예
언
자

제4부

고
독
의

유
익

제1부

한여름 밤의 꿈

연약함

1.
나이가 들어 가면서
육체의 연약함을
느끼게 하는 일들이 생긴다.

그럴수록
영원한 것을
더욱 사모하고
바라보게 된다.

예수께서
약속하신
영생,

그 영생을
주시는 예수그리스도를

나의 생명의 떡으로
받아들이게 하소서.

2.

싸락눈이
톡톡톡 소리를 내며

새벽 고요를
깨고 이 땅에 내린다.

걷다가 보니
내리는 싸락눈과
마주하고 걷고 있다.

소리는
빗소리 같은데
모양은 작은 눈송이 같다.

한참 동안 쏟아지더니
녹아내리고 사라져 버렸다.

본포 다리 위에서

강물에
반짝이는
햇살이 눈부시도록 아름답다.

절묘하다!

바람은 적당히
하늘을 닦아 놓고

새는 강에 닿을 듯
수면 위를 스쳐 날아오른다.

'보시기에 좋았더라'는
하나님의 음성이 들리는 듯하다.

독대(独対)

오
늘
도

홀
로

하
나
님
께

나
아
가

기
도
한
다.

위험 신호

수시로
밀려드는

알 수 없는
절망감에

당황스러워하는
나 자신을 보게 된다.

빠져
나올 수 있을 듯하다가

아직 완전히
벗어나지
못하고 있었구나!

모든 상황

모든 감정

그 속에 그리스도가

함께 계시길…

꿈속에서 아내를 만났다

꿈속에서
아내를 만났다.

지금 안방에서
자고 있는데…

꿈속에서
만나 사랑을 속삭인다.

현실에선
부드럽게

코를 골며
잠에 깊이 빠져 있는데…

곤히 잠든

아내를

꿈에서 또 만났다.

뉴스 속보

바람이
세차게 몰아치는
새벽길

봄이
오고 있는데

비는
오지 않고
바람만 세차게 분다.

여기저기서
산불이 나고
밤새 뉴스 속보가 날아든다.

바람 말고
비를 보내 주소서

산도 타들어 가고
보는 이들의 마음도
바싹 타들어 간다.

비를 보내 주소서!

한여름 밤의 꿈

오십이
되고 보니

청춘이
한여름 밤의
꿈이었음을 깨닫는다.

가슴 뜨거웠던 사랑도
비수 같은 이별의 아픔도
폭풍같이 몰아치던 열정도

오십이
되고 보니

그 모든 것이
한여름 밤의 꿈이었구나!

별은 푸르게 빛나고

작고 작은 것들에
마음 쓰지 못하고
지나쳤던 지난날들이 괜스레 미안하다.

오십이
되고 보니

스치는 바람도
기어가는 개미도
스며드는 안개비도
어제 떠나 버린 그 사람도

소중하고
아름답고

그립고
사랑스럽다.

봄맞이

생각

또 생각

또 또 생각

또 또 또 생각…

밤을

꼬박 새웠다.

봄이 오려나

몸도 마음도 들떠서

쉽게 잠들지 못했다.

꽃이 피려나

나무도 밤새 움을 틔우려

잠을 이루지 못한다.

봄꽃

봄이
꽃잎 따라

내 가슴속으로
들어온다.

설레고
떨리고

사랑스럽고 그립다!

봄이
꽃잎 따라

내 가슴속으로 들어왔다.

꽃나무 아래에서

꽃나무
아래를

딸아이와
거닐다.

꽃잎 잡으려고
이리저리 뛰어다니는

아이의 모습 보며
속으로 조용히 빌어 본다.

행복해라…
아름다워라…

네 인생
빛으로 가득하길…

꽃도
아이도
사랑스럽다.

반달

반달이
우두커니
내려다본다.

현관을
나서자마자
쫓아서 온다.

벚꽃
망울이
터질 듯 말 듯

달빛
아래서
흔들리고 있다.

새벽길

수북이
쌓여 가는

벚꽃잎
밟으며

새벽길
나선다.

땅에는
꽃잎들

하늘엔
별들이

아름답게
노래한다.

단비

봄
가뭄에

단비
내리니

초록은
더욱
빛나고

물방울
대롱대롱

아침을
반긴다.

별은 푸르게 빛나고

공허

내
영혼에
깊은 공허가

찾아온 것은

하나님의
말씀을

다시
영혼의 중심에

두라는 신호였다.

새

잿빛
하늘 아래로

세 마리
철새가 날아간다.

길을
잃어버렸나

돌아갈
시간을 잊어버렸나

맴돌다
다시 내려앉았다.

한참을
숨죽이고
보고 있으려니

내 마음이 더
초조해진다.

얼마나 지났을까

작전을 짜서
다시 날아오르고

나도 내 갈 길을 서둘러 간다.

걸음걸이

아내와
장모님이
나란히 앞서 걷는다.

걸음걸이가
한 사람처럼
똑같아 보인다.

얼굴은
달라도

걷는 뒤태가
영락없이
똑같아 보인다.

그렇게

그렇게

세월을 따라

딸들은

어머니가 되어 가는가 보다.

새벽 찬가

눈이 부시도록
빛나는 별…

달은
잠들고

별들만
온 하늘을

놀이터 삼아
뛰어다닌다.

난
그 별들의

별은 푸르게 빛나고

놀이를

몰래 엿보며

아침을 맞이한다.

기다림

기다림의
시간이
길어질수록

그 사람에 대한

사랑도
깊어만 간다.

푸른
가을 하늘…

서산에는
아직 태양이 빛나고

하얀 반달은

아파트

꼭대기에 걸터앉아

서둘러

밤이

오기를 기다린다.

난 너에게로 가고 싶었다

바람…

구름…

연녹색
나뭇잎…

봄은
깊어지고

마음은
꿈으로 가득한 날

난 너에게로 가고 싶었다.

별은 푸르게 빛나고

세월이 갈수록

세월이
갈수록

더욱
고독하다.

그래서
좋은 것은

하나님과
더욱
가까워지고

있다는
분명한

그
사실이다.

그대

그대
앞에
서면
설레고,

그대
곁에
서면
따습고,

그대
뒤에
서면
그립다.

가난

가난은
마음의
힘겨움.

겨울은
그들의
마음을

더욱
짓누르고,

봄에
대한
기다림만이

유일한
소망이라
말한다.

느티나무 아래에서

길을 지나다
문득 옛 생각에

아름드리 느티나무
아래에 서 있다.

그때나
지금이나

매미 소리는
다른 모든 소리를
잡아먹고 있었다.

등 뒤로
솔솔 불어오는 바람은
한여름 땀방울을 닦아 주고는

벼가 여물어 가는
논으로
곧장 내달린다.

바람이
땀방울을 다 말리니

이젠 그만 가라고
등을 떠다민다.

성탄 전야

그리스도께서
나시기
전날 밤

별은
유난히도
반짝거렸고

마음이
고단한
자들에게는

위로의
참빛이

그리웠던
밤이다.

제2부

별은 푸르게 빛나고

가을바람

무더운
지난밤.

이른 새벽
잠에서 깨어

마을을
서서히
거닐다

가을바람이
숨어

있는 곳을
발견하다.

가슴앓이

눈을 떠도
눈을 감아도

가슴에서부터
차올라와

눈에서
흐르는 눈물,

이렇게
그리움이

깊어지면
가슴앓이가 된다.

얼굴

달성공원 앞
새벽 시장을

이리저리
거닐다

사람들
얼굴을
자세히 보니

참
신기하게도

사람들
얼굴에

　　　　　　　　별은 푸르게 빛나고

살아온

이야기가

빠짐없이

새겨져 있었다.

꿈

1

아침에
기억나는 꿈 하나.

숲속에서
나비를

잡아
날려 보내니

모습은
나비인데

큰 새로
변하여
날아간다.

2

영원한 것을
꿈꾸는 것은

이 땅의 삶이
너무나 짧고

한순간이기
때문이리라.

가을은 1

가을은

푸른
별빛과 함께

우리들 곁으로
다가왔다.

순간순간은
알 수 없지만

새벽
그 별빛의

빛남은
여전히

별은 푸르게 빛나고

오래전

가을,

그

별빛의

푸르름

그대로이다.

하루

아침에
고요

한낮에
뜨거움

저녁 무렵
그리움

한밤에
사랑……

하루에
한 생이

들어왔다
나아갔다.

별은 푸르게 빛나고

그저 그 사람이 그리울 뿐

비와
바람이

한여름
폭풍우처럼

내리던
가을날,

나는 가는 여름도
오는 가을도 반기지 않았다.

그저
그 사람이
그리울 뿐,

그저 내 님이 보고플 뿐.

가을은 2

가을은
또 그렇게

새벽바람에
실려 왔다.

여름을
보내고
돌아오는 길에

이미
잎은

붉고
깊게
변하고 있었다.

별은 푸르게 빛나고

올가을은

나도 익어 가리라!

폐업, 땡 처리

승냥이 떼같이
몰려들었다.

필요한 것들을
싼값에 샀다는

자부심과 기쁨이
얼굴에 드러난다.

무너지기 전에
망하기 전에

이런 발걸음으로
달려왔다면…

주인은

무표정한 얼굴로

한 사람

한 사람의

물건을 계산하고 있었다.

낙엽을 밟으며

잎은 붉고
하늘은 푸르다.

흩날리는
오색 단풍이

꽃가루 되어
너와 나를 반긴다.

돌아오는 길엔
그 붉은

꽃단풍을
살포시 밟으며

영광스러운

가을을 또다시

보내며

못내 아쉬워한다.

위로

밤하늘

이름
모를
별들도

때론
누군가의

위로가
되어
주더라!

낙엽

후-두둑!

떨어지는
낙엽.

인생의
무상과

영생의
소망을

함께
보여
준다.

깊은

깊은
어둠

깊은
고독

깊은
슬픔

깊은
계절

깊은
그리움

.

.

.

그리움

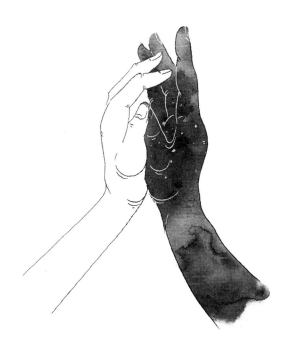

별은 푸르게 빛나고

차가운
새벽
공기로

맑게
닦인
하늘,

별은
푸르게
빛나고

달은
이제
보이지도 않는다.

이제 곧

태양은

떠오르고

별은

다시

수줍은

소녀처럼

하늘

뒤로

숨어 버리겠지.

떠남

사랑하는
이들이

너무 빨리
이 세상을
떠날 때마다

내 마음
깊은 곳에
생채기가 남는다.

하나님의
그 깊은 뜻을
다 알 수 없어서

별은 푸르게 빛나고

그저

아쉬움과

그리움의

눈물만 남는다.

그저 가는 세월을 바라보았을 뿐

바람에
낙엽 떨어지니

내 눈엔
눈물 한 방울…

쓸쓸함도
아쉬움도

그리움도
아니라네.

그저 가는
세월을

바라보았을
뿐이라네…

별은 푸르게 빛나고

봄, 목련

목련이
인사를
건넨다.

봄이
왔다고

봄이
왔다고

진짜
봄이 왔다고,

하얀 이를
드러내 보이며

활짝
웃고 있다.

볕이 들어야

볕이
들어야

꽃이
필 텐데,

꽃이
피어야

벌이
날아
올 텐데,

벌이
날아와야

별은 푸르게 빛나고

꿀이
찰 텐데,

볕이
들어야

모든 것이
제자릴 찾을 텐데…

잔인한 사월

잔인한
사월에

고향
벗이

별이
되었다.

이유도
변명도 없이

또
그렇게

　　　　　　　　별은 푸르게 빛나고

고이
잠이
들었다.

어른아이

늘
그리워했던

그 사람을
오늘 만나 보니

가슴속에
남아 있었던

그 사람이 아니네.

세월은
너와 나를

퇴색시키는
독한 바이러스!

별은 푸르게 빛나고

늘
어제처럼 느껴지는
우리들의 유년의 풍경들

난
여전히 아이의 모습
그대로 여기저기 서성인다.

태풍 지나고

1

태풍 지나고
푸른 하늘이
바다처럼 일렁거린다.

흰 구름
돛단배 되어

빠르게
흘러가고

태양은
밤새 젖었던

이 땅을
말리고 있다.

2

조용하던
매미는

빗소리
바람 소리보다
더 크게 울어댄다.

풀숲에
숨죽이고 있던

풀벌레들도
목 놓아 운다.

뇌 정지

그날이
그날 같고,

오늘이
어제 같고

월요일이
주일 같은

그런 날이
반복되고 있었다.

별은 푸르게 빛나고

운명

비가
막 그친 아침,

처마 끝
투명한 보석들

바람에
파르르
흔들거리며

운명의
순간을

숨죽여
기다린다.

나무

한나절이
다 되어서야

산 위에
올랐다.

새벽의
흔적이라곤

고요와
바람뿐이었다.

어쩜 고요는
새벽보다 깊고

별은 푸르게 빛나고

바람은
눈에 잡힐 듯 흐르고 있었다.

나무에 손을 가져다
대고 눈을 감는다.

뿌리로 머금은
물은 한나절이
다 된 지금 몸통을 돈다.

잎은 아직 한나절을
더 기다려야 물을 만날 수 있겠구나!

밤이 서둘러 올까 걱정이다.

가만히 있을 수 없어 길을 걷는다

가만히 있을 수 없어
길을 걷는다.

어둠에 머리 둘 곳 없어
사색을 하고,

생각난 그림들을
버려둘 수 없어 글을 쓴다.

하루 종일 비가 내리고
이슬이 내린다.

도시는 자연이 되고
또다시 자연은 도시가 된다.

가만히 있을 수 없어
오늘도 길을 걷는다.

별은 푸르게 빛나고

제3부

예언자

새싹

일상의
오후에서 벗어나

파릇파릇
지하에서 지상으로
솟아오르는 희망을 본다.

들녘, 강가, 산비탈...

땅이 머문
곳이라면

어디라도
불끈 쥔 주먹 같은

별은 푸르게 빛나고

강인함으로
푸른 희망이 솟구친다.

사람 사는 것도
이와 같으리라.

희망을 찾아
지하에서 지상으로

지상에서 천상으로
향하는 푸른 전진이어라.

가을비

후두둑…
가을비…

후두둑…
낙엽비…

죄인을
찾아오시는
하나님!

오늘도
내 인생에

구체적으로
개입하시는
하나님!

별은 푸르게 빛나고

시를 쓰고 싶은 아침

시를
쓰고
싶은
아침…

벌써
가을
인가…

인생은
높은

구름
같이

흘러
간다.

서로 사랑하라!

새벽 기도,
말씀
듣다가

문득,

그 아이와
나눈
추억들이

물밀 듯이
밀려와

마음
한구석이
휑~하다

별은 푸르게 빛나고

내가
더 의로워서
아직
살아 있는 것이
아니다.

살아 있는
시간은
회개의
기회들……

딱, 한 줌의
흙이 되더라!

서로
사랑하라.

청춘

오월이
가기 전,

붉은
장미꽃이
떨어지고

가시만
남기 전,

마음껏
그대

청춘을
노래하라!

　　　　　　　　　　　별은 푸르게 빛나고

한밤중

별은
총총
하고,

꽃은
뚝!
뚝!

떨어
진다.

봄

바람이
볕을

속이지는
못하는가
봅니다.

따습게
내리쬐는

정오의
햇살……

계단을
오르다
아차!

별은 푸르게 빛나고

하늘을
올려다
보았더니
봄이로구나.

지향과 의존

흙이
생명이
된 것은

하나님께서
숨을 불어
넣으심으로부터이다.

그러므로
사람은
영원히
하나님 지향,
하나님 의존.

영원한
생명에

별은 푸르게 빛나고

접붙임

되지 않으면,

영원히

흙으로

남는다.

예수그리스도 1

허허
로운
인생!

예수
그리
스도
만이

삶의
위로

삶의
의미.

가을볕

비 오는
주일 밤.

어제

그
가을볕이

벌써
그립다.

예수그리스도 2

예수

그리

스도

안에서

부러운

것도

부끄러울

것도

없는

인생.

별은 푸르게 빛나고

살아남은 자

쏟아지던
폭우에
용케도
살아남은
자가 있었네.

이른
아침
풀숲

풀매미
울음소리……

이기적인 생각

비
개인
아침

너의
마음
속에도

이
맑음이

스며들고
있겠지!

별은 푸르게 빛나고

유혹 1

이른
아침
붉은
장미,

붉은
유혹!

오랜
만에
가슴
뛴다.

노아

노아는
마른
하늘 아래서

하나님
말씀만 믿고
백이십 년 동안
방주를 만들었다는데,

난
백이십 분도
못 참고

하나님
아버지께
대든다.

별은 푸르게 빛나고

사랑

예수
그리스도의

고난의
깊이는

우리를
향한

하나님의
사랑의

깊이와
일치한다.

봄 향기

눈
녹아
피어난
안개 사이로

봄
내음이
묻어온다.

언 마음
녹여
피워 낸
사랑에도

봄 향기가 깃든다.

별은 푸르게 빛나고

국화차

꽃잎에
가을이

묻어
들어온다.

가을을
목구멍

너머로
삼킨다.

향은
금세

깊이깊이
스며든다.

유혹 2

꽃비
내리는
산길을

아내와
거닐다.

벗꽃
개나리
진달래도
설레지만,

아내만
못하다.

꽃잎이
눈처럼
바람을

타고
날려도

유혹은
여전히
아내의
눈빛뿐.

예언자

예언자들은
미래를
현실처럼
보기 때문에
시대의 사상과 문화와
전혀 상반되는
주장을 해야 할 때가 있다.

그래서
외롭고, 낯설고, 이질감을
가지고 살아가는 경우가 대부분이다.

예레미야는
그 시대 전체 흐름과
전혀 다른 주장을 폈다.

별은 푸르게 빛나고

그는 분명한
하나님의 음성을 듣고
시대를 깨우고자 했다.

그래서
그는 고독과 외로움과
쓸쓸함, 공포, 두려움
속에서도

영원한
하나님의
말씀을 택했다.

손수건

목회자는
성도들의

눈물을
닦아 주는

하나님의
손수건이다.

새벽

바람이
차다.

내 영혼
조용히

당신께
고개를

숙이는
새벽녘

밤 서리
반가이

갈 길을
닦는다.

바람이 분다

바람이
분다.

잎새가
날린다.

거룩한
아버지

마음이
내린다.

별은 푸르게 빛나고

감사

오늘도
내 영혼의

헛헛함을
채워 주시는

하나님
아버지
계시니

감사하고
감사하다.

제4부

고독의 유익

그리움

그리움은

별이 되고
꽃이 되고

비가 되고
시가 되고

바람이 된다.

별은 푸르게 빛나고

나그네 1

달은
희미하게

안개에
가려져 있고,

나그네는
뚜벅뚜벅
갈 길을 간다.

나그네 2

새벽
풀벌레 소리

가을을
재촉하고

아침
푸른 하늘

나그네의
발걸음을
재촉하네.

빛난 하늘
구름 흘러

내 하나님 계신
그곳까지 가려나 보다.

별은 푸르게 빛나고

갈급함

별이
총총한

새벽,

진리의
물
길으러

오늘도
서툰

발걸음
내딛는다.

고독의 유익

고독의
유익은
하나님 만남.

홀로
하나님을
대면하는 그 시간.

귀하고
아름다운

내 인생
네 인생.

별은 푸르게 빛나고

봄볕

밤사이
내린
봄비에

촉촉이
젖은 대지.

이맘때면
안개 오르는

논둑 길 따라
봄볕

마중 나갈
채비를 해야지.

가을비

낙엽은
한 해의

추억을
담고
비를 따라

곱게곱게
나리 우고

사람들은
종종걸음……

우산의
비듣는
소리는

유년의

어느 아득한

날을 생각나게 한다.

설렘

봄이
이토록

기다려지는
것은

꽃을
보기 위한

설렘
때문일 게다.

아! 장미

장미
아니었으면,

시 한 편 쓰지 못하고
이 봄을 그냥 지나칠 뻔했네.

붉은
혁명의 아침,

꽃봉오리
마다
피어난 정열

아!
장미여……

가슴의 향기는 가슴에 묻고,
바람의 향기는 꽃잎에 묻어 버리자!

가슴의 향기는 가슴에 묻고
바람의 향기는 꽃잎에 묻어 버리자!

아득히 먼 옛날 향기 나는 가슴속에서
우리는 태반을 꿈꾸며 잠이 들었고,
먼 우주의 길을 따라 여행을 하곤 했다.

그러다가 어느 날 향기 나는 가슴을 버리고
유혹의 세상을 꿈꾸며 가슴을 떠났다.
바람의 향기가 가득한 세상 속으로…

그러나 바람의 향기는 자유롭지만
가슴에 묻히질 않았다.

여기저기 피어 있는 꽃잎에 묻혀
세상을 유혹할 뿐이었다.

다시 가슴으로 돌아가자!

향기 나는 가슴에 가슴을 묻어 버리고,

다시 한번 태반과 먼 우주의 길을 따라 떠나자!

사랑은

사랑은
끝없는 기다림

사랑은
긴 여로를 거쳐

사람 없는
사막에서 뜨거움을 훔쳐
세상 곳곳에 뿌려지는 것.

사랑은
끝없는 흐름

한 방울이 흘러
넓은 바다를 거쳐
무한한 넓음과 깊음을

가져다 사람들에게 던져 준다.

사랑은
영혼의 노래

생각을 뚫고 영혼에 닿아
당신의 영혼을 적시고 세상을 적신다.

조화(調和)

새벽

·

안개

·

바람

귀뚜라미,

그리고
기우는 달빛,

가을, 신의 완벽한 조화!

별은 푸르게 빛나고

꽃이 핀다

꽃이 핀다, 꽃이 핀다.
노란 꽃잎, 노란 꽃잎

꽃이 핀다, 꽃이 핀다.
빨간 꽃잎, 빨간 꽃잎

꽃이 핀다, 꽃이 핀다.
파란 꽃잎, 파란 꽃잎

꽃이 핀다, 꽃이 핀다.
오늘 하루, 활짝 핀다.

독감

목이 붓고
열이 난다.

머리가 아프고
코가 답답하다.

세포, 세포들이 반란을 일으켜
몸을 뒤집어 놓은 것 같다.

거칠 것이 없이
혈관을 따라

흐르던 붉은 피도
느려지고, 무뎌진다.

피부 거죽 바로 아래에서
가물가물 피어오르는 열기

공간 속의 따듯함과 하나 되어
나의 세상의 공기를 이룬다.

독한 감기,

유행처럼 흘러가 버려야 좋으련만
입술이 마르고 계속 열이 나는구나!

올가미

눈 뜨면
보이는 세상

들으며 깨닫는 세상
느끼며 살아가는 세상

그것들이 가끔
내겐 올가미가 된다.

눈이 부시도록
아름다운 햇살도

마음을 잡아
휘감는 바람도
내겐 가끔 올가미가 된다.

별은 푸르게 빛나고

슬며시 돌아누운 나의 영혼과
마주칠 때면 나의 몸뚱어리를
휘감은 올가미가 보여 부끄럽다.

눈을 뜨면 보이는
올가미 같은 세상.

나비

날개 꺾인 나비.

균형을 잃고

빙글
빙글

꽃잎 위에 떨어진다.
한참 지나 눈을 뜬다.

움직이지 못하는
한쪽 날개를 저어 보려 애를 쓴다.

좀처럼 회복되질 않았다.

꽃잎은 안타까워하며
향기로, 꽃가루로, 밤을 새워 가며
어루만져 날개에 힘을 싣는다.

아침 햇살에 더듬이를 펴고
빛을 더듬어 몸을 일으켜 본다.

두 날개를 조심스레, 조심스레
아래로 위로, 아래로 위로 저어 날아오른다.

'현기증'

다시 빙글 하는가 싶더니
날아올라 까맣게 점이 되어 사라진다.

마니산

하늘과 산이
맞닿은 곳

바위로
뭉쳐진

절벽 위로
하늘이 보인다.

별은 푸르게 빛나고

우주의 푸른빛이
산에 닿아
하늘과 땅을 구분하는 곳.

거칠 것 없는
자연 속의 인간은

또 하나의 자연
또 하나의 우주.

봄 향기

토 닥!
토 닥!

창을
두드리는
진눈깨비 소리에
눈을 뜬 새벽.

거실 문을 열고
창을 열어 밖을
내다보았다.

가지 위에
돌담 위에
담벼락에

별은 푸르게 빛나고

스머드는 물기운은
금방이라도 땅에 닿아
새싹을 틔울 기세다.

한참 바라보고 있으니
훤히 밝아진 마당 가득히
봄 향기가 가득하다.